Bdolf

Zundelfrieder

SuKuLTuR

2004

Umschlagabbildung: Udo Smialkowski

Schöner Lesen Nummer 016
ein SuKuLTuR-Produkt
in Zusammenarbeit mit dem weltumspannenden NOIZE-ROCKER-IMPERIUM
2. Auflage Januar 2004 *(1. Auflage 5/2003)*
Alle Rechte vorbehalten
„Zundelfrieder" © bei Bdolf®
Gestaltung und Herstellung: Torsten Franz
Druck: DDZ-Berlin, Bessemerstraße 83-91, 12103 Berlin

ISBN: 3-937737-16-2

Gesetzliche Bestimmungen für
Mundartdichtung
(bzw. Teilmundartdichtung):

PRÄAMBELN:

§1: Für Mundart -, bzw. -Teilmundartdichtung
gelten die sogenannten „Hebelgesetze".

§2: Benannt sind diese nach Johann Peter Hebel,
dem absoluten und erleuchteten Meister der
Mundartdichtung bzw. Teilmundartdichtung.

DIE HEBELGESETZE:

§1: Tu was Du willst, das ist das Gesetz

§2: Liebe ist das Gesetz, Ausnahmen nach den
Gesetzen der Quantenphysik

§3: Liebe unter Willen, Kunst unter Konzept:
Kunst ist kein Spiegel,sondern ein Hammer!

§4: Überfalle nie die Sparkasse Schopfheim,
wenn doch gib das Geld den Armen!

§5: Das Gesetz des Wilden Südens befiehlt:
auch den Landwirt schützt ein Kondom!

Zundelfrieder

„Es gibt ein Land, ganz im Süden, da wo der Preuße nicht hinkommt, da ist der Zundelfrieder daheim...!"

(so raunt in der Markgrafschaft der Vater dem Sohn ins Ohr,
so wie vordem schon der Großvater dem Vater...)

Der Zundelfrieder aber ist ein Erzräuber und Meisterdieb.
Seine Kumpane sind der Rote Heiner, wegen seiner leuchtenden Nase und Gesinnung, und der Seppl. Seppl war vorher schwul mit dem Kasper von Baier-Uerdingen, aber Kasper hatte den einen falschen Fick verwischt und mußte dann und wann an der Löffelabgabestelle vorsprechen. So hatte sich der Seppl nach einer neuen Futterkrippe und Biertränke umsehen müssen und war in der Gang von Zundelfrieder fündig geworden.
„Meisterdieb" hieß der Zundelfrieder ganz offiziell, weil sein Oheim, der Friedensrichter von Waldshut-Tiengen-City, hatte ihn eines schönen Tages beim Wickel gehabt und ihm gedroht: „Bueb, jetzt zeigsch besser was'de chasch! Sonschd fehlsch!" Gleich nach diesen Worten hatte er ihm eine Aufgabe gestellt – sollte er sie nicht meistern, wolle er ihn ohne wenn und aber vom Leben zum Tode befördern lassen – Zundelfrieder, nie um eine List und nie um kriminelle Energie verlegen, Sportsmann alter Schule, hatte die Herausforderung als Lust und nicht als Last empfunden. Sein Oheim hatte ihm aufgetragen, seiner eigenen Gattin ihr Laken unter ihrem Allerwertesten zu entwenden. Zundelfrieder, nicht faul, noch in der selbigen Nacht, hatte den

Leichnam eines Schandbuben von der „Roten Armee Fraktion", den sein Oheim höchstselbst auf dem Galgenberg von Wiechs/Wiesental, das wo im Markgräfler Land gelegen ist, wo sich alles, was hier akkurat und getreu der Wahrheit berichtet wird, abgespielt hat, vom hänfernen Strick los geschnitten. Mit der Leiche und einer Aluleiter hatte er sich am Haus des Oheims eingefunden. Flugs war die Leiter unter das Schlafzimmerfenster seines offiziösen Verwandten gestellt. Mit dem kalten Körper vorneweg kletterte er die Leiter hinan und grummelte mit verstellter Stimme: „Triff deinen Schöpfer, Kapitalistenscherge!" Stimmen muß ein Erz- und -Hauptäuber gut nachmachen können, sonst taugt er nichts. Der Leiche hatte er einen alten Käpselrevolver von Fastnacht in die Hände gedrückt. Er fuchtelte wild mit der Feuerwaffenattrappe am kalten Arm. Der Oheim kam wie von der Tarantel gestochen aus seinem warmen Bett und stürzte sich mit einer Hölleninbrunst auf den vermeintlichen Widersacher. Zundelfrieder, nicht faul, schwang sich neben die Leiter und ließ seinen Oheim nebst dem frostigen Leichnam in die Tiefe segeln. Dort tat es einen gewaltigen Schlag, weswegen der Oheim unter anderem bis zum heutigen Tag im Rollstuhl sitzen muß und unter den Einheimischen nur „Dr. Schräuble" genannt wird, weil nämlich all die gebrochenen Knochen mit so viel Schrauben zusammen geflickt werden mußten, und bis heute ist's nicht wieder vollkommen recht geworden. Zundelfrieder ahmte, das Stimmennachmachen konnte er schon immer wirklich sehr gut, Räuber und Tückebold, der er nun einmal war, seit ihn der warme Schoß eines wahrhaftigen markgräfler Pracht-, und –Saftweibes ausgespien, die Stimme seines Oheims nach und sprach zu seiner bildhübschen, fast noch minderjährigen Gattin: „Der Sau han iih's sauber b'sorgt – weisch wasch – G'walt macht mii immer ganz gümprig – kumm amol her – Du Schnatzä!" Kaum hat er's gesprochen, war er schon bei dem jungen Geschöpf und ahmte die wenig ehrgeizigen Bemühungen seines Oheims auf dem Felde der ehelichen Pflichten nach. Doch alle waren's zufrieden – selbst wenn der Zundelfrieder, der natürlich selbstredend ein Höllenstecher vor dem Herrn darstellte, sich auf die Schnelle wenig bis keine Mühe gab, war es doch dem handelsüblichen Eheeunuchen und seinem Gewerkel noch um hundert Kilometer voraus. Die junge Gattin, weil's wirklich mal in der Hütte schnackelte. Und dito der Herr Oheim höchstselbst, weil ihm wie durch ein Gotteswunder auf die alten Tage doch noch ein Stammhalter geschenkt ward.

Zundelfrieder aber sprach nach der beidseitigen Ausgipfelung: „Schatzi, gib mer ämol üser Liinduch – iih muß die Sau iinwik-kele und verschwinden lo – sonst's könnt's dummi Fragä gää – warum d'r Friedensrichter kai fairen Prozess mache tüet un so – statt dessen d' Anklagtä eifach umbringe tuet unde so...!" Die Gattin, noch ganz hin und weg im ungewohnten Sinnenrausch, besinnt sich nicht lange, sondern rabscht das nicht mehr ganz fleckfreie Bettuch und drückt's ihm in die Hand. Zundelfrieder küßt sie noch einmal heiß und zärtlich und verschwindet munter winkend durch die Vordertür. Das Bettuch hat er seinem Oheim als Kopfkissen unter seinen arg geschundenen Schädel gebettet, wie er da mit der Leiche im Arm neben der umgestürzten Leiter lag. Sein Anverwandter, Schwippschwager oder Cousin dritten Grades, keiner wusste das mehr genau, denn siehe: verschwim-mend ist das Wesen der Tage im Gutedelschlorerausch, mußte ihn erst mal laufenlassen. Wette gewonnen. „Dii krieg ii no!", ächzte der Friedensrichter mit letzter Kraft auf der Intensivsta-tion. „Wir kriegen euch alle!", hatte er hinterher noch gehechelt, dann war der Monitor auf Flatline gekippt und die Elektro-schocks mußten verabreicht werden. Aber immerhin, besser schlecht gerollt als an der Löffelabgabestelle vorgesprochen.

So kam es, daß der Zundelfrieder offizieller Meisterdieb war und seine kultige Gang um sich hatte. Zusammen waren sie unausstehlich. Hatten sie irgendwo Geld oder Geldeswert erbeutet, hatten sie nichts Eiligeres zu tun, als es zu den eilfertigen Schankwirten oder zu den Metzen mit den losen Schenkeln zu tragen. Sie waren der fürchterlichste Haufen. Hatte einer Geld oder Geldeswert, bekam er's unweigerlich mit ihnen zu tun. Sie logen, betrogen, stahlen und marodierten wo's nur ging.

Sie waren der Schrecken vom Unteren Wiesental.

Ohne Scheiß!

Zur „Deutschen Eintracht"

Wie immer wollte die Zundelfrieder-Gang auf den nächsten geplanten Coup anstoßen.

Ihre bevorzugte Tränke fand sich in Müllheim/Markgräflerland. Bevorzugt, weil's ein Billard gab, und der geschäftsführende Wittib, ehedem Ehegespons der eigentlichen Inhaberin, benannt Frieda Fauser, selbige jedoch bereits heimgegangen, immer noch über drei gar anmutige Töchter verfügte, die den Servierdienst ausführten und bei denen ein Blick in die wagemutig ausgestellten Dekolletés wohl wahrlich lohnte, besonders, wenn sich beim Auftragen gar artig vorgebeugt wurde.

Gaststätte „Zur Deutschen Eintracht" nannte sich die Beitz, „Inhaberin Frieda Fauser" stand, als lebte sie noch, in ausgemergelten Lettern auf der Fassade und nebenan rauschte der Bach.

In die andere Beitz am Orte mit Namen „Kaiserhof" ging man nicht, denn das war früher das Parteilokal der Braunen Buben gewesen und heutigentags traf sich dort der Proll, um auf die zu lasche Obrigkeit zu schimpfen. Und es gab kein Billard und die Pommes waren teurer.

Holla! Mit einem gewaltigen und ganz präzisen Durst betrat man die Kaschemme. „Wie gohdt's denn d' Frieda?", neckte der Rote Heiner den Wirt. Da sich dieser herzlos anmutende Scherz bei jedem Besuch wiederholte, brachte er unterdessen immer brüllendes Gelächter in die Hütte. Zufrieden registrierte man, daß die Ausblicke auf die einschlägigen Busenfruchtrunde der jungen Serviertöchter auch heuer keine Wünsche offen ließen. Dann traf sie unvermittelt der Blitz der Erkenntnis: es war ja gar nicht der Wirt! Ein schräg klein buckelig Männlein war gerade hinterm Tresen sich selbst der beste Kunde! „Wo isch sella Fausaseckel?", stellte ihn der Seppl barsch zur Rede.

Veränderungen mochte man hier nicht. „D' Vadder hätt ä Schlägli cha!", antwortete an seiner statt die jüngste der anmutigen drei Schwestern und knickste artig.

„Dunderschissebibbel!", entfuhr es dem Zundelfrieder, „d'chasch doch nii sicher si, das de d' näschd Dag noch erleäbsch!" Alle drei hockten sich an einen Tisch und dachten kurz, aber intensiv wehmütig daran, wie vergänglich doch das Dasein, wie unerbittlich das Gestell, wie das Geworfensein des Menschen einzig Heimat und wie nah die nächste diensthabende Löffelabgabestelle.

Der Wirtsstellvertreter fixierte sie seltsam. Die Serviertochter wollte an den Tisch, die Bestellungen entgegennehmen. Im Schaltkasten des Aushilfsgastronomen irrlichterten die elektrischen Ströme. „Dunderseckel nochemol! Selli Kerli sin vum Gewerbeaufsichtsamd!", fiel der Groschen nach maximalem Klicken der einschlägigen Relais und Heißlaufen der integrierten Schaltkreise. Siedendheiß fielen dem guten Mann diverse hygienisch- EU-vorschriftsmäßige Mängel und Bedenklichkeiten ein. „Hähä! Wartet ihr numme! Euch hälf ich! Euch krieg' i draa!", summte es im Hirnschaltkasten des Schankmannes. Er schnitt der jungen Kellnerin den Weg ab. Am Tisch vom Zundelfrieder zog man grimmig die Augenbrauen hoch, als statt der aparten jungen Dame der verwachsene Aushilfsgastronom an die resopalbeschichtete Trinkstätte trat. „Ihr Härrä – sin hütt mini Gäschd! Ihr kriegt numme's bäschd und zahle müssä ner nix!" Die Gang guckte sich bei diesem sackstarken Vortrag überrascht, aber beeindruckt an. Im Handumdrehen orderte man „Wodan"-Bockbiere der Vertragsbrauerei, denn siehe, es waren die Tage dieses winterlichen Saisonbieres und man hatte unabwendbaren Drang zu diesem wirkmächtigen Getränk. „Und gnüeg Kinderfickerbrägele!", setzte man hinzu. Das war ein uralter Scherz, der besagte, man wolle Pommes Frites und dieser Jokus erklärte sich so: „Brägele" sind im Elsässer-, und – Markgräflerdeutsch die Bratkartoffeln, „Kinderficker" heißen dortselbst die Belgier, welche bekanntlich die Pommes Frites erfunden, voilá - zusammen ein gelungenes Scherzwort. Sofort bekamen die munteren Drei das Gewünschte. Als der Rote Heiner misstrauisch die Ränder der Bockbierstange inspizierte und der Zundelfrieder nachdenklich die verkohlten Pommesenden musterte, brach dem Schankmann der kalte Angstschweiß aus. Überaus eilfertig brachte er unaufgefordert eine Runde Topinamburschnaps, den teuersten Alkohol, den er auf Lager hatte. Sachkundig zog man am Tisch vom Zundelfrieder auf „Ex". Den Augenausdruck der Gang deutete er als „mehr!" Und sie bekamen mehr. Und immer mehr. Als die munteren Drei die Serviermädels anbaggern wollten, kam nur noch bescheuertes Geschwalle. 'S war sowieso irgendwie zuviel gewesen. Alle drei kotzten simultan in den rauschenden Bach neben der Beitz. Der Bach, der dermaleinst die Mühle getrieben, die der Ortschaft ihren Namen gegeben. Details für einen Coup besprach man eh besser bei einem Lieler Mineralwasser. So hatten sie den ganzen

Abend nur über Fussballänderspiele in den Siebzigerjahren und über's Radiobasteln geredet. Und nach den anmutigen Serviertöchtern die Hälse gereckt. Aber der Wirt ließ keine auch nur in die Nähe des Tisches. Mit offiziösen Persönlichkeiten wollte er lieber selbst verhandeln.

Schwankend hatten die munteren Drei das Feld geräumt.

„Denä han iih's zeigt!", griente der Aushilfsschankmeister selbstzufrieden hinter der Gang her und schwenkte sein blau-weiß-gemustertes Geschirrtuch zum Abschied.

Das Goldene Gehirn

Zundelfrieder war kein Kommunist.

Trotzdem war er der Rächer der Enterbten, Witwen und Waisen. Normalerweise nahm seine Gang, also der Rote Heiner, Seppl und er, den Reichen und Fragwürdigen und taten's in ihre eigenen Taschen, denn sie waren arm. Das Geld landete bei den Schankwirten und den Mädchen mit den losen Schenkeln, die für ein Handgeld ihr Wertvollstes verschleuderten. Manchmal drückten sie auch noch einem unterpegeligen Landstreicher oder einer verfemten alleinerziehenden Muttter ein kleines Kupfermünzerl in die verzweifelt ausgestreckten Griffel. Und normalerweise arbeiteten sie nicht mit Nazis zusammen. Aber Ausnahmen gab es immer, sonst wär' man ja beim Establishment. Die Köpfe von einer noch viel wilderen Gang hatte man kurzerhand im Kerker, um sich all zu viel Aufhebens zu sparen, ohne Federlesen vom Leben zum Tode befördert. Man hatte sowieso gemunkelt, die Betreffenden hätten sich, wegen der verfahrenen Situation und überhaupt, selbst an der Löffelabga-bestelle einfinden wollen. Also – warum ihnen nicht die Mühe und die Last abnehmen? Auf jeden Fall, die Fahrt war zu den Radieschen gegangen. Ohne viel Ach! Und Je! Und jemmine! Nun war es so: ein gewisser Dr. Pfeiffenmengele, seiner selbst Burschenschaftler, Schwadroneur und auf abwegigen Almen forschender Akademiker, wollte, um seine höchst eigenwilligen Theorien zu überprüfen, gerne die Gehirnsknoten der Delinquenten und Delinquentinnen erkunden. Allerdings wollte weder der diensthabende Landgraf, Leutnant der Reserve, Helmut Verschmitzt noch sein Nachfolger im Dienste, Dr. Gemüse, nicht um die verstiegenen Forschungen des Sondergelehrten zur Theorie von der organischen Ausprägung der Erbsünde zu fördern, auf die Einhaltung der Staatsräson verzichten, und die so umstrittenen Heimgegangenen einer amtlichen Autopsie überlassen. So hatte sich Dr. Pfeiffenmengele an den Zundelfrieder und seine harte Gang gewandt – „bringt mir das Hirn von Ulrike Meinhof – die Weiber ziehen immer die Fäden! Bei Erfolg: ein schönes Säckel güldner Euros soll euer Schaden nicht sein!"

Zundelfrieder und seine Gang hatten erst einmal in Bad Säckingen ein paar Sprayaktionen gemacht. Der Rote Heiner hatte sich geopfert und drei Tütchen halblegale Varietäten des Kräutlein Pantagrülion, wie unsere Altvorderen das Hanfkraut zu benennen pflegten, aus der benachbarten Eidgenossenschaft organisiert. Am Lagerfeuer waren sie zu einem Entschluss gekommen. Seppl hatte den Stand der Diskussion zusammengefasst. „Nazis stinken, aber Schotter nicht!", so der vom Leben geprüfte Homosexuelle, „tot ist tot – wir machen nix schlimmer – sondern erbringen nur Dienstleistungen...!" Mit großem „Hallo" wurde diese dialektisch einwandfrei reflektierte Argumentation bewillkommnet.

Schon am nächsten Tag entwendete man einen hochkilowattzahligen Rangerover vom Kundenparkplatz des örtlichen Bad

11

Säckinger „Wal-Marts". Mit ihm fuhr man in die Universitäts-
metropole Tübingen, die wo auch im Süden, da wo der Preuße
nicht hinkommt, liegt. Nur, dort hat's nicht geholfen, denn dortselbst werkelt der Schwabe, der wo nun einmal so etwas wie der
Preuße des Südens ist.

Die Leichen der sozialkritischen Rebellen und Rebellinnen ver-
wahrte man in den Kühlkammern des Zentralfriedhofs der
Akademikerhauptstadt. Ein großer Aufwand war es nicht. Die
Gang preschte mit durchdrehenden Reifen auf den Kiesbelag
des Gottesackers. Der Rote Heiner zog seine Utzi blank und
nervte alle mit seinen Juso-Parolen. Seppl zwang die Friedhofs-
bediensteten sein Samenopfer in ihren Mundhöhlen zu empfan-
gen. Zundelfrieder stürmte vor, schnappte sich ein paar der halb-
debilen Friedhofsfaktoten und hieß sie die Kühlfächer erbre-
chen. Mit seiner mitgebrachten Akkuflex, die er genau da, wo
sie den hochkilowattzahligen Rangerover in Kollektivbesitz
transformierten, von Privat-, in –Allgemeinbesitz überführt
hatte, machte er Ritsch-Ratsch an den Köpfen der so grausam
gescheiterten Rebellinnen und Rebellen. Plitsch-Platsch lande-
ten die herausgesägten Gehirne in seinen sorgsam vorbereiteten
mit Formalin gefüllten Großgastronomiegurkengläsern.

„Irgendwie machen wir uns zu Nutten des Kapitals!", zischte
ihm der Rote Heiner zu, der von seiner Todesmission zurük-
kommend, die Machenschaften seines Führers begutachtete.

„Je nun – ihnen tut's nicht mehr weh und wir sind in die
Mechanismen des globalen Raffkapitalismus' eingeschrie-
ben...!", orakelte der Zundelfrieder, „weder wir noch irgend
jemand sonst kann immer nur gut sein...!" Wenn sie sich poli-
tisch-theoretisch austauschten wechselten sie gewohnheitsmä-
ßig ins Hochdeutsche.

Mit dem Klappern der riesigen Gurkengläser verabschiedeten
sie sich aus dem pietätvollen Trauerzweckbau.

Der Motor, der natürlich von dem stark hochgeschwindigkeits-
abhängigen Roten Heiner ordentlich frisiert worden war, heulte
auf und störte die Totenruhe. Kies spritzte noch als Querschläger
durch die Gegend, als die Gang schon längst wieder unterwegs
an den heimeligen heimatlichen Hochrhein war.

Showdown in Muggart-City

Der hochkilowattzahlige Range-Rover kam knirschend zum
Stehen.
Es war so weit.
Zundelfrieder, Seppl und der Rote Heiner dotzten ihre
Cowboystiefel auf die staubige Bekiesung des ungepflegten
Parkplatzes.
Sie setzten ihre Markensonnenbrillen auf. Natürlich hatten sie
diese schicken Accessoires nicht ehrlich erworben. Sondern
umverteilt.
Als stünde „Klau mich!" und nicht „Addidas" als Markenname
auf den Gestellen.
Aber entscheidend war nur eins: cool wie die Hölle auf Rädern!
Die Reisetasche mit den Großgastronomiegurkengläsern
schwang lässig an des Roten Heiners Hüfte.
Wer nichts zu tragen hatte, hielt die Daumen lässig in den
Gürtelschlaufen ihrer Armyhosen eingehakt.
Zundelfrieder pfiff die Titelmelodie aus „Spiel mir das Lied
vom Tod".
Die Spannung schien mit bloßen Händen greifbar.
Hier sollte der Deal über den Tisch gehen.
Treffpunkt Muggart-City. Um Highnoon. In der örtlichen
Spackenkaschemme.

Vor unerträglicher Vorahnung schien selbst die Sonne Mittagspause machen zu wollen. Dunkle Wolken zogen auf.

Die dämmrige Schwüle der „Muback Ritze", der einzigen und daher exklusivsten Tränke in dieser erbarmungswürdigen Ansammlung windschiefer Bruchbuden, die ansonsten nur mit dem weithin berühmten Friedhof als Attraktion punkten konnte, schlug ihnen entgegen wie eine Wand. Jeder wusste: der hiesige Gottesacker war entschieden zu groß für eine derartige Luftnummer von Dorf. Und kein Durst zu gewaltig für die „Muback Ritze".

Schweiß stand in den Stiefeln.

Sie tauchten in das Dämmer ein.

Der Wirt blickte flüchtig vom Gläsersortieren auf. Und erstarrte. „Der ... der Wirtschaftskontrolldienst...!", stammelte leise zu sich, als eine eisige Hand nach seinem Herzen zu greifen schien. „D ... die ... die Herren sind selbstredend meine ... meine ... – äh - Gäste...!", salbaderte er den Neuanömmlingen entgegen.

Die Gang nickte, überrascht, aber zustimmend, alle im selben Rhythmus mit dem Kopf wippend.

Seppl zückte aufmunternd sein Pfefferspray. Der Wirt tat, als habe er nichts gesehen.

Sie setzten sich an einen der schmierigen Tische.

„Drii Güädedel und drii Hörnerwhisky!"

Der Wirt nickte, Schweißperlen auf der Stirn. Mit zitternder Hand servierte er das Bestellte.

„Sellä Siech isch no nit do!", stellte der Rote Heiner überflüssigerweise fest. Waren sie doch die einzigen Gäste.

Sie schauten sich kurz an und exten mit einem angedeuteten Zuprosten die Hörnerwhiskys.

„Proschd Jägermeischder!", stellte Zundelfrieder, als der Ranghöchste im Team, kurz angebunden fest.

Die Zeit in der „Muback-Ritze" schien stille stehen zu wollen.

Am Ventilator hing ein mit Kinderschrift bekritzelter Zettel, orthographisch fehlerhaft ausgeführt, „defekt!".

Ein „Ä" hatte sich in das Wort verirrt. Typisch für Muggart-City, wo es für den größten Friedhof der bekannten Umgegend reichte, aber nicht für eine Volksschule.

Manche schrieben halt lieber mit blauen Bohnen als mit Griffel und Schiefertafel.

Seppl nickte kurz weg, das Fahrgestell auf dem Tisch geparkt.

Aus Langeweile versuchte der Rote Heiner ihm die Schuhsohlen anzuzünden.

Die Reisetasche ruhte diskret in einer benachbarten Ecke, immer im Blick der munteren Drei.

Zundelfrieder kramte schon in seinen Taschen und zückte einen Stapel Skatkarten, auffordernd seine Mitstreiter anblickend. Als wollten seine Augen fragen: „wollen wir?".

Das Schicksal klopft immer dann an, wenn man es am wenigsten erwartet.

Die Schwingtür schwang auf.

Betont lässig betrat Dr. Pfeiffenmengele die schwindsüchtige Schenke. Ein Mann wie eine Ersatzbesetzung für einen der apokalyptischen Reiter.

Tatsächlich war er mit seiner Moto Guzzi gekommen.

Das Motorengeräusch war unverkennbar. Und das Abschmieren minderwertiger kleiner Italienerreifen im Kies des Parkplatzes der „Muback-Ritze".

Pfeiffenmengele blickte sich betont ausdruckslos um. Das Panorama schien ihm zu gefallen. Er setzte sich wieder in Bewegung. „Dreifacher Amaretto auf Eis!", zischelte er im Vorübergehen dem Wirt zu.

Er trat zu den munteren Drei und zog sich unaufgefordert einen weiteren Stuhl an den Tisch.

„ ... – Nu ...?"

Sie nickten ihm zu.

Zundelfrieder griff sich die Reisetasche, zog den Reißverschluss auf wie ein Cowboy ein Streichholz an seinen Sitiefelsohlen anzündet und ließ den mysteriösen Leichenbeschauer einen Blick hinein werfen.

Der stieß einen anerkennenden Pfiff durch die Zähne.

Er wollte nach der Tasche greifen.

Zundelfrieder zog zurück.

„Erschd dä Cäsch!"

Dr. Pfeiffenmengele klappte seinen Aktenkoffer auf, den er in einer seiner schwarz behandschuhten Hände wie ein Exemplar einer winzigen exotischen Hunderasse gehalten hatte, und präsentierte pseudocool ein pralles Leinensäckchen der Sparkasse Marzell.

Mit einem metallisch klingenden Laut dotzte es auf die Tischplatte.

Den Jungs drohten die Hosen zu spannen.

Alle wollten nach dem Säckel geiern.

Der Wissenschaftler hielt eine Hand darüber.

„Nicht so hastig Jungs – wollt ihr doppeln?"

Sie blickten ihn irritiert-verunsichert an.

„Ich plane eine klinische Studie. Da brauch' ich was zum Vergleichen. N' paar Gute hab ich schon – die gibt's beim Leichenwäscher für'n kleines Trinkgeld – brauch' noch nen richtig Bösen - -...!"

„Wen?", krächzten drei Münder unisono und im Gleichtakt.

„Wenn ihr verdoppeln wollt - bringt mit das Hirn von Sid Vicious!"

Er blickte sie triumphierend an und wollte das Geldsäckchen zurückziehen. Dabei verschob sich der mit einer roten Kordel verschlossene Kragen des Behältnisses. Eine Unterlegscheibe kullerte heraus. Dann noch eine. Und noch eine...

„Unterlegscheiben!", schrien drei Münder voller Schmerz und Hass im Gleichklang.

„Du Hosäbrunzer!", keifte der Zundelfrieder und langte mit seiner Faust nach dem Gesicht des Gelehrten. Dieser, nicht faul, wich geschickt zurück, und trat seinerseits mit seinem Fuß nach der Tischplatte. Der umkippende Tisch stoppte den Zundelfrieder.

Der Rote Heiner federte hoch und plazierte den ersten Treffer.

Dem Gelehrten drohte die Luft auszugehen. Hastig machte er einen Rückzieher und fingerte einen Ninja-Kampfstern aus seiner Sakkotasche. Sein Flug verfehlte Seppls Halsschlagader um Haaresbreite. Dumpf bohrte er sich im Hintergrund irgendwo in rachitisches Resopal.

Nervös hämmerten die gichtigen Wurstfinger des Schänkenwirts „112" auf die Tasten seines altehrwürdigen Tastentelephons. Niemand achtete auf ihn.

Die Zundelfrieder-Gang suchte gegen den schrägen Leichenbeschauer ihr Spiel zu finden. Dieser schmiss weiter mit Ninja-Kampfsternen um sich und hielt die Überzahl dadurch auf Distanz.

Seppl wollte sein Pfefferspray zücken, aber der kleine Metallzylinder hatte sich im Futter seiner Jeansjacke verhakt.

Niemand achtete auf die Schwingtür.

Zundelfrieder machte einen Ausfallschritt und wollte den fiesen Finsterling von der Flanke aus angehen. Zufällig fiel sein Blick in Richtung Tür. „D ... d ... dä Oheim!", stammelte er fassungslos.

In der ganzen kalten Pracht seiner schwarzen Sheriffsuniform rollte Zundelfrieders Anverwandter als Vertreter der Ordnungsmächte in die moribunde Spelunke.

„Was isch au do los?", fragte er schnarrend, mit deutlich Eis in der Stimme.

„Nit wie weg!", kreischte der Zundelfrieder und gab als erster Fersengeld, hatte er doch oft genug Verlobung mit dessen Gummiknüppel feiern müssen.

Von den anderen bezweifelte keiner den Ernst der Lage und sie stoben durch die schmierige Küche mit ihrem Hinterausgang davon, wobei sie den Wirt, der sich aufblähenderweise ihnen den Weg abzuschneiden versuchte, mit einem hasserfüllten „usäm Wäg, Dreckskerlä!" einfach umrannten. Er zappelte auf seinem Rücken wie ein verunglücktes Insekt.

Des Oheims forschender Blick fiel auf die verwaist liegende Reisetasche.

Er packte sie und warf einen Blick hinein. Mit einem verächtlichen Laut zog er eines der Großgastronomiegurkengläser heraus. Er musterte es misstrauisch.

Seine Gesichtszüge gefroren.

„Du Hosebrunzer – was isch au des für ä Sauerei?", raunzte er den langsam rückwärtsgehenden Wissenschaftler an.

„Äh ... iiglägts Hirn vum Mätzger...!", suchte er sich durch Anpassung an die örtliche Mundart anzubiedern.

„Dir hälf i glii – hälsch mii für mit d‘ Deichsel tauft, oder was isch?"

Das Großgastronomiegurkenglas klatschte auf den Boden.

„Nein ... Nein ... – das darf nicht sein!", kreischte Dr. Pfeiffenmengele.

Er schmiss sich auf den Boden und suchte das kostbare Organ zu bergen.

Irritiert beobachtete der Oheim das abwegige Geschehen.

Draußen hörte man den Motor eines hochkilowattzahligen Range-Rovers aufheulen. Kies spritzte davon.

Der Oheim fingerte nach seinen Handschellen.

Der Weiße vom Berg empfiehlt weiterhin:

„Populäre Mechanik"
Schöner Lesen 5, SuKuLTuR, 2. Auflage, Berlin 2000

„Grand Prix Holocaust"
Splitschundheft der Neuerleistungsklasse, Bobbeleloch 2000
Über Flight 13 (www.flight13.com)

„Dr. Eisenmengele – der Arzt der Rockmusiker"
U-Books Augsburg 2001, ISBN 3-935798-34-2

Links:
> --> www.bdolfkunst.de
> --> www.satt.org
> --> www.mmmx.de
> --> www.flight13.com
> --> www.ubooks.de
> --> www.churchofeuthanasia.org
> --> www.pixelhexe.de
> --> www.rdl.de

Der Bdolf® sucht Verleger/in für Romanprojekt(e)!
Hyperrealistisches Erzählen um der kranken Gesellschaft die Maske vom Gesicht zu reißen!
Die Gelegenheit für wahrhaft wagemutige Gunslinger!

Nicht vergessen:
„Ich mache Kunst, weil ich gerade keinen Krieg
gegen die Bourgeoisie führen kann!"

Heute · 20 Uhr · Akademietheater

William Shakespeare

 Hamlet

Tragödie in fünf Akten
Regie: Henrike Zöllner

CLAUDIUS, *König von Dänemark* .... Hasso
HAMLET, *Sohn des vorigen*
und Neffe des gegenwärtigen Königs .... Waldi
POLONIUS, *Oberkämmerer* .... Blacky
HORATIO, *Hamlets Freund* .... Arko
LAERTES, *Sohn des Polonius* .... Schnuffi
GERTRUDE, *Königin von Dänemark*
und Hamlets Mutter .... Laika
OPHELIA, *Tochter des Polonius* .... Daisy

---

Während der Vorstellung ist das Füttern
der Darsteller verboten!

Eine ausführliche Besprechung der Inszenierung ist nachzulesen in
Frank Fischer: Weltmüller · SuKuLTuR 2012 · ISBN 978-3-941592-32-2